AVIS DIVERS

I. — Service du Pèlerinage.

I. Les missionnaires diocésains sont chargés de desservir la chapelle. Deux d'entre eux sont plus particulièrement à la disposition des pèlerins, l'un pour entendre les confessions, l'autre pour inscrire les messes, bénir et indulgencier les divers objets de piété, donner les scapulaires du Carmel, de l'Immaculée-Conception, ou de la Passion, etc.

II. De nombreuses messes se disent tous les jours à la chapelle. Il y en a toujours une à neuf heures précises.

III. Chaque soir, à la chute du jour, on récite le chapelet. Cette récitation est suivie d'un salut spécial au pèlerinage. En mai et en octobre ce salut est remplacé par les exercices du Mois de Marie et du Mois du Rosaire.

IV. La Grand'Messe et les Vêpres ne sont célébrées que dans les fêtes de la Sainte Vierge.

Depuis la Toussaint jusqu'à Pâques, les Vêpres seulement sont chantées.

Les autres dimanches, il n'y a ni Grand'Messe ni Vêpres.

V. La fête patronale de la chapelle est l'Assomption.

VI. Le Jeudi dans l'Octave de l'Assomption, on célèbre, avec une grande solennité, le triple anniversaire du Couronnement de Notre-Dame, de la Consécration de la Chapelle, et de son Élévation au titre de Basilique-Mineure.

VII. L'Adoration Perpétuelle a lieu le 8 septembre.

II. — Consécration des enfants.

Un registre d'inscription, placé aux pieds de la statue vénérée, reçoit les noms des enfants consacrés à Notre-Dame de la Délivrande. Une messe est dite à leur intention le troisième samedi de chaque mois.

III. — Neuvaines, Recommandations.

Les neuvaines commencent le jour même où l'on en fait la demande. L'offrande est facultative.

Chaque jour, à l'exercice du soir, des recommandations sont faites pour les besoins spirituels et temporels de ceux qui les demandent. Les prières du salut, et spécialement les Litanies de la Sainte Vierge, sont aux intentions recommandées.

IV. — Ex-voto.

Les ex-voto destinés à rester toujours dans la chapelle peuvent être des cœurs, ou des plaques de marbre. Ces plaques commémoratives doivent avoir certaines dimensions.

Pour les renseignements, s'adresser au P. Sacristain de la chapelle de la Délivrande (Calvados).

(Voir la suite des AVIS, p. 3 de la couverture.)

Notre-Dame de la Délivrande

La Délivrande est une bourgade de la Basse-Normandie, située sur le chemin de fer de la mer à treize kilomètres de la ville de Caen et à trois kilomètres du littoral de la Manche. Elle doit son origine, sa prospérité et sa gloire à un célèbre sanctuaire dédié à la Reine des Cieux.

En ce lieu béni, Marie n'a cessé, depuis les temps les plus reculés, de répandre sur les multitudes, accourues à ses pieds, les grâces les plus abondantes, les bienfaits les plus signalés.

Aussi, le sanctuaire de Notre-Dame de la Délivrande est-il regardé à juste titre par les pieux fidèles comme un des pèlerinages français les plus anciens, les plus célèbres, et aujourd'hui encore les plus fréquentés (1).

(1) Cet opuscule ne fait que résumer la Notice sur la Chapelle de la Délivrande, par un Missionnaire (Librairie Guéxr., Caen).

Vue extérieure de l'Eglise.

I.

Les origines de Notre-Dame de la Délivrande.

D'après nos anciennes traditions, le culte de Notre-Dame de la Délivrande remonte à l'apparition du christianisme en notre pays. C'est en effet à saint Régnobert, second évêque de Bayeux, que l'on attribue le premier sanctuaire élevé en ces lieux à la gloire de Marie.

Converti par saint Exupère, disciple du pape saint Clément et premier apôtre du Bessin, Régnobert mérita, par sa piété et ses vertus, d'occuper, après lui, le siège épiscopal de Bayeux. A l'exemple de son saint prédécesseur, le nouveau pontife eut une tendre dévotion et un grand amour pour la Mère de Dieu.

Or, parmi les nombreux sanctuaires élevés par Régnobert, on remarque, entre tous, la célèbre chapelle qu'il fit ériger dans son domaine d'Yvrande, sur le territoire de Douvres. Cette chapelle devait devenir,

Saint Régnobert bénit le plan de la Chapelle primitive.

La Statue miraculeuse.

sous le vocable de Notre-Dame de la Délivrande, le plus beau fleuron de l'Eglise de Bayeux et le palladium de toute la contrée.

Le pieux prélat ne cessa d'entourer le temple de Marie d'une sollicitude vraiment paternelle ; il le confia, en mourant, à ses disciples les plus chers, aux prêtres de son église cathédrale.

De là, sans doute, entre le sanctuaire de la Délivrande et l'Eglise-Mère du diocèse ces liens précieux, ces relations quasi familiales que de nouveaux bienfaits et de nouvelles faveurs devaient rendre, de jour en jour, plus étroites et plus intimes. Aussi, jusqu'à la Révolution, est-ce le chapitre de l'Insigne Eglise-Cathédrale de Bayeux qui exerce, tant au temporel qu'au spirituel, toute juridiction sur la chapelle vénérée.

II.

La découverte de la statue miraculeuse.

De sa fondation aux invasions normandes, l'histoire du pieux sanctuaire nous est peu connue. A cette époque, une ère de désolation et de mort, nous le savons, se leva sur la France, et, principalement, sur notre belle province. Pendant près d'un siècle, la Neustrie vit ses villes, ses temples et ses monastères devenir, les uns après les autres, la proie des pirates normands.

Or, par sa situation comme par ses richesses, la chapelle de la Délivrande se trouvait naturellement désignée à leur rage et à leur avidité. Aussi, dès les premières apparitions des « hommes du Nord, » fut-elle pillée, brûlée et ruinée de fond en comble. La destruction fut complète, et l'herbe avait fini par faire disparaître les derniers vestiges de l'édifice sacré. Mais Marie veillait sur sa terre de prédilection : un évènement miraculeux devait, après plus d'un siècle de silence et de ruine, faire sortir du sol un nouveau sanctuaire, et ramener les foules aux pieds de la statue vénérée.

Voici ce fait merveilleux, tel qu'il nous est raconté par un ancien historien du pèlerinage : « En ce temps, vivait, dit Fossard, un seigneur, nommé Baudouin, comte du Bessin, qui se tenait en sa baronnie de Douvres, de l'évêché de Bayeux ; le berger duquel seigneur apperçoit que l'un de ses moutons, par plusieurs fois, se retirait du troupeau et courait en un lieu auprès de la pâture ; là de pieds et de cornes frappait et fouillait la terre, puis étant las, il se couchait à la place même où de présent est la niche et l'image de la Vierge en la chapelle de la Délivrande. Ce mouton ne prenait aucune nourriture, et était néanmoins le plus gras de la bergerie. Le comte croyant que cela était un avertissement envoyé du ciel, se transporta sur le lieu, accompagné de sa noblesse et d'un saint er-

mite, avec le peuple qui y courut des lieux circon-
voisins : il commanda de parachever la fosse que le
mouton avait commencée. On y trouva l'Image de
Notre-Dame ; il y a à présent plus de huit cents
ans. Cette Image fut portée en procession solennelle avec une commune allégresse de tout le peuple
dans l'église de Douvres ; mais, tôt après, Elle fut
apportée par le ministère d'un ange au lieu même
où Elle fut trouvée. Dieu montra par ce transport
et invention miraculeuse, qu'il avait choisi ce lieu
plus particulièrement pour son service et pour celui
de la glorieuse Vierge Marie, sa mère. Alors le
comte connaissant la volonté divine fit édifier et
fonder la Chapelle qui est encore à présent et la
donna à Messieurs du Chapitre. »

Une ère nouvelle, ère de grandeur et de gloire,
était commencée. A partir, en effet, de cette restau-
ration miraculeuse, le sanctuaire et le culte de
Notre-Dame ne cesseront, malgré quelques épreuves
passagères, de se maintenir dans une prospérité
toujours croissante.

Découverte de la Statue miraculeuse.

III.

La Chapelle du comte Baudouin.

La donation du comte Baudouin fut acceptée avec reconnaissance par le Chapitre ; son titre de patron lui imposait des devoirs qu'il remplit avec honneur. On le vit, jusqu'à la fin du dernier siècle, veiller avec sollicitude à la conservation et à l'embellissement du temple saint, comme aussi au développement et à la splendeur du culte de Notre-Dame.

De bonne heure le service de la sainte chapelle fut, par ses soins, confié à des prêtres pieux et zélés : ils célébraient les saints mystères, entendaient les confessions et chantaient les louanges de la Mère de Dieu. La munificence et la piété de Guillaume de Beaujeu, évêque de Bayeux, assurèrent définitivement, dès la première moitié du xive siècle, l'avenir de cette institution : ce pontife fit, par testament (6 septembre 1340), fondation de quatre chapelains à la Délivrande. Cet acte de générosité

Les premiers Évêques du diocèse de Bayeux et de la Normandie.

et de dévotion envers le sanctuaire de Marie ne fut pas d'ailleurs, comme on pourrait le croire, un acte isolé. De cette époque, en effet, date, en Basse-Normandie, cette coutume presque générale, et qui devait durer plusieurs siècles, de consigner, dans les testaments, quelques legs pieux, en faveur de la sainte chapelle.

Cependant, le nombre toujours croissant des pèlerins rendait de plus en plus nécessaire l'agrandissement du modeste édifice élevé par le comte Baudouin. Deux chapelles formant croisillon ou transept et dédiées plus tard, l'une à sainte Anne, l'autre à saint Joseph, furent successivement construites: la première, en 1412, par les soins du Chapitre; la seconde, en 1523, grâce aux libéralités de Pierre Legendre, trésorier-général de France. On les enrichit, au XVIIIe siècle, de deux statues monumentales de sainte Anne et de saint Joseph. Conservées dans le nouveau sanctuaire, ces saintes images sont, encore de nos jours, un objet de vénération pour les pieux fidèles.

Les troubles religieux du XVIe siècle ramenèrent de nouveau des jours d'épreuve pour le sanctuaire de Marie. Au mois de mai 1561, après avoir ravagé les monastères et les églises de Caen, de Bayeux et des environs, les protestants pillèrent, à son

L'ancienne Niche.

tour, la sainte chapelle, détruisant les ornements, brûlant les tableaux et enlevant les vases sacrés.

Cette épreuve dura près de quarante ans ; enfin le calme et la paix se rétablirent en notre pays, et la piété généreuse des fidèles répara peu à peu les dévastations accomplies par la secte impie.

Au siècle suivant, le zèle des pèlerins pour la décoration du Temple de Marie prit un nouvel essor ; les dons des fidèles comme aussi les faveurs de la Bonne Mère se multiplièrent. Alors, d'importants travaux furent entrepris, sous la direction du Chapitre, pour la transformation et l'embellissement de l'édifice. De 1600 à 1650, le chœur est restauré, une niche plus monumentale est construite ; un nouveau portail latéral s'élève ; les fenêtres du chœur et de la nef sont renouvelées et agrandies... (*Notice*, p. 21.)

Dès lors, le sanctuaire de la Délivrande nous apparaît à peu près tel que l'ont connu beaucoup de nos contemporains ; car, si, durant le xviiie siècle, l'ornementation intérieure s'enrichit d'un nouveau maître-autel, de la belle grille du chœur, etc... ; le temple ne devait, à l'extérieur et dans son ensemble, recevoir aucune modification importante jusqu'au milieu de notre siècle. C'est alors qu'il a fait place au monument actuel, plus digne de la gloire de Marie et de la reconnaissance des peuples.

IV.

Le Pèlerinage avant la Révolution.

1. — La découverte de la statue miraculeuse s'était promptement répandue parmi les populations du Bessin : le pèlerinage de la Délivrande fut vite fondé. En peu d'années, par la multitude des pèlerins, par le nombre et la grandeur des prodiges accomplis, il prit rang parmi les plus signalés. « Le sanctuaire de Notre-Dame de la Délivrande, en effet, n'était pas moins célèbre, au moyen âge, que celui du Mont Saint-Michel. On s'y rendait de tous

les points de la Normandie, de toutes les provinces de France, et même des royaumes étrangers. » (*Laffetay.*)

Au XVII⁶ siècle, on compte « environ dix-huit mille messes célébrées, et près de soixante mille communions données chaque année dans le vénéré sanctuaire. » A certains jours, l'affluence du peuple est si considérable que, bien qu'agrandie et restaurée, la sainte chapelle ne put contenir la foule des pieux visiteurs. « Non seulement les populations de la Normandie y abondent ; mais à tout moment on y voit arriver, et par terre et par mer, une infinité de pèlerins tant de Bretagne que de Picardie, du Maine et de l'Anjou. » (*Dom Le Chevalier.*)

Cette affluence de peuple, ce concours de pieux pèlerins, nous les retrouvons encore à la Délivrande, à la veille même de la Révolution.

11. — Ce n'était pas seulement le peuple qui venait invoquer le secours et la protection de Notre-Dame ; on vit souvent les personnages les plus illustres, les princes, les rois eux-mêmes visiter en pèlerins son béni sanctuaire. Au mois d'août 1473,

le roi Louis XI, dont on connaît la grande dévotion pour la Mère de Dieu, vint faire son pèlerinage à la Délivrande. Avec lui, on voyait Louis d'Harcourt, évêque de Bayeux et patriarche de Jérusalem ; le prince Louis de Bourbon, amiral de France, le duc de Torcy, grand-maître des arbalétriers, et une foule d'autres gentilshommes. Le roi passa les fêtes de l'Assomption à la Délivrande, pria souvent et avec ferveur devant la statue vénérée, donna au sanctuaire de riches présents ; puis, en souvenir de sa visite, y fit dresser un « beau contre-autel », détruit plus tard par les protestants.

En 1678, Notre-Dame de la Délivrande voit à ses pieds deux princesses célèbres, nièces du roi Louis XIV, Marguerite-Louise d'Orléans, grande-duchesse de Toscane, et Madame de Guise, duchesse d'Alençon, sa sœur.

Au milieu du siècle suivant, c'est la dauphine, Marie-Josèphe de Saxe, qui fait, à son tour, le pèlerinage de la Délivrande. Elle vient, mère prévoyante et chrétienne, consacrer à Marie, ses trois

Louis XI pèlerin à Notre-Dame de la Délivrande.

fils qui, sous les noms de Louis XVI, Louis XVIII et Charles X, porteront la couronne de France.

A la suite des princes, citons quelques-uns des saints personnages, des hommes de prière ou d'action, qui sont venus visiter le sanctuaire de Marie. C'est devant la sainte Image qu'au début du xviiᵉ siècle, l'apôtre des Saints-Cœurs de Jésus et de Marie conçoit le projet et jette les fondements de la congrégation des Eudistes, encore aujourd'hui si florissante.

C'est à la Vierge de la Délivrande que le célèbre Huet, futur évêque d'Avranches, vient consacrer ses premiers travaux et ses premiers chants. Son amour pour Notre-Dame lui inspire l'une de ses plus belles œuvres: l'hymne « Diva Servatrix » que les pèlerins chantent encore de nos jours, en entrant dans la sainte chapelle. Cette hymne que le savant prélat fit plus tard graver en lettres d'or sur une table de marbre, et placer dans le temple de Marie, y reste, aux yeux de tous, comme un éternel et vivant monument de sa reconnaissance et de sa piété.

Une tradition constante et digne de foi nous montre aussi le grand amant de la sainte pauvreté,

Le V. P. Eudes aux pieds de N.-D. de la Délivrande.

saint Benoît Labre, visitant la Délivrande, vers 1787, lors de son voyage à la Grande Trappe de Mortagne. Sa piété profonde, ses vêtements grossiers, son silence, le choix qu'il fit, pour logis, de la maison la plus pauvre, frappèrent vivement les habitants du bourg ; et ils gardèrent longtemps le souvenir de ce pèlerin mystérieux.

III. — A côté des pèlerins isolés, princes ou pontifes, nobles ou manants, Notre-Dame de la Délivrande voyait aussi s'acheminer vers son sanctuaire de pieuses confréries, des communautés religieuses, des paroisses entières. Ce côté particulier et intéressant du culte de Notre-Dame semble aussi ancien que le pèlerinage lui-même. « Les processions solennelles à la Délivrande, nous dit Fossard, commencèrent lorsque la Sainte Image fut retrouvée. »

La ville de Caen occupe le premier rang dans ces hommages publics à Marie : dès le xive siècle, ses principales paroisses, ses communautés, ses ordres religieux, PP. Carmes ou fils de saint François, se rendent processionnellement chaque année à la Délivrande. Le pèlerinage annuel des PP. Capucins est resté célèbre : il avait lieu le mardi dans l'octave de la Fête-Dieu, appelé jusqu'à ces derniers temps « le jour des Capucins » et attirait une grande affluence de fidèles. A plusieurs reprises aussi, la Délivrande vit dans ses murs le Chapitre de Bayeux, le clergé et les fidèles de la ville épiscopale.

Parfois même, ce n'est plus une paroisse, une cité ; c'est tout un pays, toute une contrée qui accourt saluer et visiter en Notre-Dame sa Bienfaitrice et sa Mère. On cite comme un des plus célèbres parmi ces pèlerinages régionaux celui que firent, vers la fin du xviie siècle, sous la présidence de l'abbé du Val-Richer, les paroisses de l'exemption de Cambremer. Cette manifestation religieuse, à laquelle toute la noblesse du pays d'Auge avait été invitée à prendre part, fut vraiment grandiose et imposante. « Plus de deux cents ecclésiastiques, suivis d'une foule immense, traversèrent en bel

ordre la ville de Caen, émerveillée d'un tel concours. »

Ralenti un moment par la Révolution, ce mouvement irrésistible des peuples vers le sanctuaire de
Marie a repris, de nos jours, une puissance nouvelle.

V.

Les Miracles des xviᵉ, xviiᵉ et xviiiᵉ siècles.

C'est que l'histoire de Notre-Dame de la Délivrande n'est qu'une suite ininterrompue de faveurs
insignes, de prodiges éclatants, accordés par Marie
à la foi vive et à la piété confiante des pèlerins.
« En la chapelle de la Délivrande, nous dit en effet

Notre-Dame de la Délivrande, protectrice des naufragés.

Fossard, Dieu a fait voir un grand nombre infini de nouvelles..... Le nombre des bénéfices (bienfaits) en la cure des malades y est plus grand que la mémoire des hommes n'en peut conserver. »

Nous ne rapporterons ici que quelques-uns de ces faits miraculeux Nous les emprunterons à l'opuscule du chanoine Solier touchant le *Culte et l'Invocation des Saints*, et à l'*Ancienne Fondation de la chapelle de la Délivrande*, par Fossard. Ces deux écrivains, hommes de savoir et de vertu, ayant été ou les témoins oculaires, ou du moins, les contemporains des faits qu'ils racontent, nous pouvons pleinement nous en rapporter à leur témoignage.

Voici un des principaux miracles rapportés et attestés par Antoine Solier : « Un marchand de Normandie, pris sur mer par les Sarrasins, gémissait, chargé de fers, dans un dur esclavage. Ayant perdu toute espérance de revoir sa patrie, abandonné des hommes, il eut recours à la Mère des Miséricordes. — « *Si j'obtiens de vous ma délivrance*, lui dit-il, *je vous promets, aussitôt que je serai sorti de cette dure prison, d'aller visiter le temple que l'on vous a consacré sur le territoire de Bayeux.* » — Après cette prière, le captif s'endormit, entouré de ses gardiens. Tous étaient plongés dans un profond sommeil, lorsque le prisonnier est subitement réveillé par le bruit qu'ont fait ses fers en se brisant : seul il s'est aperçu du prodige. Alors se voyant libre et les gardes endormis, il prend la fuite. Cependant son cou était resté entouré du lourd carcan auquel la chaîne avait été attachée : nul effort humain n'avait pu l'en délivrer. Malgré cette entrave, l'heureux protégé de Marie se rendit avec empressement à la chapelle de la Vierge, pour lui exprimer sa reconnaissance ; puis, prosterné devant sa sainte Image, il la conjura avec larmes de couronner ses bienfaits en le délivrant du poids importun dont il était encore accablé. A peine eut-il terminé sa prière que le carcan s'ouvrant avec bruit se détacha de son cou et lui rendit une entière liberté. Le pieux pèlerin, après avoir remercié de nouveau sa Libératrice, se hâta

de publier toutes les grâces qu'il en avait reçues et suspendit ses chaînes auprès de la statue de la Vierge, comme pour perpétuer la mémoire de sa délivrance. Cet évènement, ajoute le pieux narrateur, s'est passé, il y a près de vingt-cinq ans : tous les habitants du pays en ont conservé le souvenir. » Une ordonnance du Chapitre de Bayeux, du 7 février 1526, conservée dans les archives de l'évêché, et par laquelle l'official de Caen est chargé d'informer de ce miracle, nous confirme encore aujourd'hui et l'exactitude et la valeur du récit du savant chanoine.

Le livre de Fossard contient, lui aussi, un grand nombre de faits miraculeux dus à l'intercession de Marie. N'ayant pu consulter les anciens registres de la chapelle, détruits en 1561 par les protestants, cet auteur s'est surtout attaché au récit des prodiges contemporains. Il cite pour les seules années 1624 et 1625 jusqu'à trois cures miraculeuses.

Une relation manuscrite d'un bourgeois de Caen qui vivait, lui aussi, au XVIIe siècle, relation conservée à la bibliothèque de cette ville (*Collection Mancel*), confirme la multiplicité de ces faits miraculeux : elle relate de 1630 à 1655 plus de trente faveurs extraordinaires accordées par la sainte Madone.

Rien de surprenant, puisque de 1619 à 1672, il y a eu, d'après les archives de l'évêché de Bayeux, quatorze informations officielles faites par des délégués du Chapitre sur les prodiges accomplis à la Délivrande.

Cependant, gardienne tutélaire des rives normandes « *bona Bajocani littoris custos* », il semble que Notre-Dame de la Délivrande devait une protection toute maternelle aux pauvres mariniers si constamment exposés aux dangers d'une mer capricieuse. Son histoire prouve qu'il en fut toujours ainsi.

Nous citerons seulement le trait suivant : Au

Notre-Dame de la Délivrande à la Martinique.

mois de février 1700, Charles Féret, du Hâvre, vit
son vaisseau sauvé d'un naufrage imminent par la
protection de Notre-Dame. Quoique pro-
testant, ce capitaine s'était, au moment
du danger, adressé à la Vierge
de la Délivrande : il avait vu
aussitôt ses prières exaucées
au delà de toute espérance.
Touché de cette faveur vraiment divine, Charles se conver-

tit, avec ses deux frères, à la foi catholique ; et en
souvenir de cet événement miraculeux il fit don à
la Délivrande d'un tableau rappelant ce prodige.

De semblables ex-voto couvraient d'ailleurs les
murs de l'ancienne chapelle : car chacun des infor-
tunés que la main bienfaisante de Marie avait pro-
tégés ou secourus aimait à y laisser un témoignage
de son amour et de sa reconnaissance.

La Crypte.

VI.

Notre-Dame de la Délivrande pendant la Révolution.

Cependant des jours de tristesse et de deuil allaient luire de nouveau sur la sainte chapelle. L'impiété couvrait la France entière de ruines et de sang : le sanctuaire de la Délivrande devait, comme tant d'autres, ressentir profondément les atteintes du fléau.

Le service public du culte, les processions solennelles, eurent lieu néanmoins à la Délivrande jusqu'à la fin de 1792 et même durant les premiers mois de 1793. Il semble que le clergé constitutionnel ait voulu, par son culte envers Notre-Dame, se faire pardonner ses serments sacrilèges, et se concilier aussi par là le respect et l'amour des peuples. Se conformant à l'usage *adopté depuis le* xiiie *siècle* par les évêques de Bayeux, le célèbre Fauchet, premier évêque constitutionnel du Calvados, fit lui-même, en 1791, au lendemain de son élection, un pèlerinage à la sainte chapelle. « Si quelques esprits superficiels, dit un contemporain, blâmèrent cette démarche, le peuple lui en sut le meilleur gré et le suivit en foule. »

Mais l'heure de l'épreuve était arrivée. Au mois d'août 1793, le directoire du département décréta le dépouillement et le pillage du pieux sanctuaire. En conséquence de ces ordres sacrilèges, les tableaux, les offrandes, tous les monuments de la reconnaissance des pèlerins furent emportés ou détruits. On envoya à la Monnaie le trésor et les vases sacrés ainsi que treize lampes d'argent, don de généreux bienfaiteurs. Les archives furent pillées ou brûlées; le mobilier, en partie vendu à l'encan. On descendit de leur place les statues de sainte Anne et de saint Joseph et on enleva de sa niche monumentale l'Image vénérée. Un habitant du bourg prêta son concours à cette œuvre impie,

mais dans de bonnes intentions, car il plaça la sainte Image dans un confessionnal ouvert près de là et en jeta la clef dans un puits voisin.

La chapelle fut soumissionnée par quelques habitants de Douvres et des communes voisines et préservée ainsi d'une dévastation plus complète.

Toutefois, il était plus facile de dépouiller le temple de Marie que d'arracher du cœur des populations le culte et l'amour de cette bonne Mère. Aussi vit-on, même dans les plus mauvais jours de cette triste époque, de hardis pèlerins s'acheminer encore, en bravant tous les obstacles, vers l'antique sanctuaire. L'entrée de la sainte chapelle était, il est vrai, interdite ; mais on s'agenouillait, on priait, on pleurait sur le seuil du temple et on s'en retournait consolé.

Ces hommages publics avaient attiré l'attention des autorités départementales : pour détruire la *superstition*, elles résolurent de s'attaquer à l'image vénérée elle-même. Aussi, un matin du mois d'août 1796, un fourgon, attelé de quatre chevaux

Guérison de Mme la comtesse de Jumilhac (bas-relief).

et escorté d'un escadron de cavalerie, entrait dans le bourg de la Délivrande pour enlever et transporter au muséum de Caen la Statue, les tableaux et les images demeurés encore dans la sainte chapelle. Cet exil de la bonne Mère devait être de courte durée. Quelques années après, en effet, le Consulat avait remplacé le Directoire : sur les instances des habitants de Douvres, le préfet Caffarelli rendait la sainte Image à son antique sanctuaire.

Le retour de Notre-Dame fut un véritable triomphe. De Caen à la Délivrande une foule toujours grossissante se pressait autour de la statue vénérée : chacun voulait la voir, la reconnaître, la saluer. Aux cris d'allégresse qui s'échappaient de tous les cœurs, on sentait visiblement que les populations en retrouvant Notre-Dame de la Délivrande avaient retrouvé leur Mère. Aussi, quand la sainte Madone fut replacée dans cette niche qu'Elle occupait depuis tant de siècles, l'enthousiasme fut-il à son comble. « Dans la chapelle, raconte un témoin oculaire, les uns priaient, les autres pleuraient de joie, quelques-uns s'écriaient : « *O bonne Mère, vous voilà donc enfin revenue parmi nous; ne nous quittez plus.* »

Cette scène grandiose et touchante laissa un profond souvenir dans l'âme de tous ceux qui en furent les heureux témoins ; et plus d'un parmi eux y trouva, avec une nouvelle confiance en Marie, un gage assuré de salut.

VII.

Les nouveaux Miracles.

A peine Notre-Dame de la Délivrande eut-elle fait sa rentrée triomphale que l'on vit se renouveler les faveurs et les prodiges d'autrefois. C'est une autre série de faits miraculeux qui commence : elle ne sera ni moins nombreuse ni moins éclatante que les précédentes. Nous aimerions à raconter les guérisons vraiment extraordinaires d'Adélaïde Pelresne, d'Hérouville, près Caen, en 1818 ; de Marie Duchemin, de Vire, en 1822 ; d'une paralytique de Port-en-Bessin, en 1836, etc... Ce court opuscule ne le permet pas ; nous nous bornerons à raconter en quelques mots deux faits intimement liés à l'histoire de la Délivrande au XIXᵉ siècle.

Issue d'une noble et chrétienne famille de notre province, Madame la comtesse de Jumilhac, née d'Osseville, souffrait, depuis plusieurs années, d'une grave maladie. Dans les premiers mois de 1826, le mal fit de rapides progrès : les médecins, les parents, la malade elle-même entrevirent la mort à bref délai. Soudain, et comme par une inspiration divine, Madame de Jumilhac conçut la pensée qu'elle serait guérie à la Délivrande, le jour de l'Annonciation de la Sainte Vierge que l'on célébrait publiquement cette année le 3 avril. Ce jour-là même, malgré des symptômes de plus en plus alarmants, elle entreprit le voyage de la Délivrande. Arrivée non sans fatigues au pieux sanc-

La procession de 1832. — Cessation du choléra.

tuaire, on la porta devant la Statue vénérée et là,
elle s'assit (ce qu'elle n'avait pas fait depuis cinq
mois) et se prépara à entendre la messe. Au com-
mencement du saint sacrifice, a-t-elle raconté elle-
même, une force irrésistible la poussa à répéter
comme unique prière ces paroles
du paralytique de l'Évangile :
« Seigneur, je veux être guérie. »
Au moment de la
communion, elle alla
sans souffrance à la
table sainte
et revint de
même; puis,
au grand
étonnement
de ses pa-
rents, elle
fit à genoux
un quart
d'heure
d'action de
grâces. Elle
déjeuna
d'un bon
appétit; la
journée et
la nuit furent excel-
lentes : la fièvre avait
disparu. Cependant la guérison
n'était pas complète; mais neuf
jours après, en montant en voi-
ture, pour aller terminer à la Délivrande sa neu-
vaine de prières et d'actions de grâces, la pieuse
comtesse sentit subitement disparaître les dernières
traces de sa maladie.

Cette guérison eut comme témoins tous les missionnaires et une foule nombreuse. Trois ans après,
M. le comte d'Osseville, par la fondation à la Déli-

Les Évêques sollicitent de Pie IX le couronnement de
Notre-Dame de la Délivrande.

vrande de la communauté de la Vierge-Fidèle, en perpétuait le souvenir dans nos contrées.

Le second fait est plus merveilleux encore. Au mois d'août 1832, le choléra sévissait à la Délivrande avec une extrême violence. Une partie des habitants avait pris la fuite : ceux qui restaient se voyaient, malgré les soins des missionnaires et des religieuses de la Vierge-Fidèle, décimés chaque jour par le fléau. En ce danger pressant, leurs pensées et leurs cœurs se tournèrent naturellement vers leur bonne Mère. Sur leurs instances, une procession solennelle de la Statue vénérée à travers les rues du bourg fut autorisée par Monseigneur de Bayeux pour la fête de l'Assomption. A cette nouvelle, la joie commença à renaître dans tous les cœurs ; les habitants rentrèrent dans leurs foyers ; et les populations voisines elles-mêmes accoururent pour implorer Marie. Elevée sur un brancard magnifiquement orné et portée par les religieuses de la Vierge-Fidèle, la sainte Image parcourut solennellement les rues de la Délivrande, au milieu d'une foule suppliante. Aux portes, aux fenêtres de leurs maisons, les malades mêlaient leurs prières à celles des fidèles et, fixant sur la sainte

Le R. P. Picot reçoit les offrandes.

Madone leurs yeux éteints, ne cessaient de répéter : *Salut des infirmes, priez pour nous.*

A partir de ce moment, point de morts, point de nouveaux malades : parmi les personnes atteintes de la terrible maladie, une convalescence rapide qui leur permet, au bout de quelques jours, de venir remercier elles-mêmes « la bonne Notre-Dame. »

« Ces merveilles (guérisons, faveurs temporelles) ne sont rien cependant en comparaison de celles qui se passent dans les âmes ; car il se fait journellement à la Délivrande des conversions si miraculeuses et si extraordinaires qu'elles ne peuvent se concevoir que par ceux qui les expérimentent ou les entendent en confession. » Ces paroles tirées d'un manuscrit inédit du xviiᵉ siècle sont toujours vraies. Les âmes plus encore que les corps trouvent auprès de Notre-Dame un remède infaillible à leurs infirmités et à leurs misères. Sonder ces mystères de grâce, décrire ces transformations morales plus subites et plus surprenantes que les guérisons les plus merveilleuses, les compter même est impossible : tout cela reste le secret de Dieu et des âmes.

VIII.

Les grandes Manifestations du XIXᵉ siècle.

A la vue de ces faveurs insignes, de ces prodiges sans nombre dus à l'intercession de Notre-Dame, la piété et la confiance des populations normandes reprirent un nouvel essor ; les multitudes accoururent et se pressèrent aux pieds de la sainte Madone avec un élan et une foi dignes des anciens jours.

Jamais en effet plus qu'en notre siècle, Notre-Dame de la Délivrande ne vit à ses pieds d'aussi nombreux et d'aussi grands dignitaires de l'Église : les cardinaux Wiseman et de Bonnechose, Mgr Samirhi, patriarche d'Antioche, Mgr de

Quélen, archevêque de Paris, venu pour solliciter la conversion du prince de Talleyrand, etc.

Nos générations ont vu également se reproduire et se multiplier sous leurs yeux les grandes manifestations du XVIIᵉ siècle. Sous l'influence du mouvement catholique qui pousse les foules vers les sanctuaires de Marie ; grâce aussi aux communications devenues plus promptes et plus faciles, les processions paroissiales prennent une extension nouvelle ; les pèlerinages régionaux deviennent plus fréquents ; le Maine et la Vendée viennent, conduits par leurs premiers pasteurs. Ces pèlerinages, admirables d'entrain et de piété, font sur tous une impression profonde.

Cependant, de toutes ces manifestations solennelles en l'honneur de Marie, une surtout a fait date dans l'histoire du vénéré sanctuaire : c'est la fête du couronnement. Cette cérémonie qui, en plaçant au nom du Chapitre de Saint-Pierre, et par l'autorité du Souverain Pontife, une couronne d'or sur le front de la sainte Madone, devait être la consécration la plus haute et la plus solennelle donnée à son culte, eut lieu le 22 août 1872.

Pie IX bénit la Couronne de Notre-Dame de la Délivrande.

Attendu depuis longtemps par le diocèse et la province tout entière, cet heureux événement fut annoncé publiquement, le 8 août, par un mandement de Monseigneur de Bayeux et amena à la Délivrande une affluence considérable.

Une estrade d'honneur avait été élevée sur la place, au chevet de la chapelle. Au fond, vers l'Orient, en face l'autel du sacrifice, se dressait une niche gracieuse destinée à recevoir la sainte Image. Vers neuf heures et demie, la Statue vénérée, malgré l'inclémence du ciel, quittait son sanctuaire et s'avançait à travers les rangs pressés du peuple, portée par des prêtres, et précédée d'un nombreux et illustre cortège A peine la sainte Image eut-elle pris place sur son trône, que la Messe commença, au milieu d'un appareil

Cérémonie du Couronnement.

imposant et grandiose. Sur l'estrade d'honneur, tout près de l'autel et de la statue vénérée avaient pris place Son Eminence le cardinal de Bonnechose, archevêque de Rouen, délégué pour couronner Notre-Dame, Monseigneur de Bayeux, NN. SS. les évêques de Coutances, d'Evreux, de Montpellier. de Beauvais, le T. R. P. abbé de la Grande-Trappe de Mortagne, les dignitaires ecclésiastiques, les autorités civiles et militaires du département. Au bas des degrés, se tenait un clergé de plus de huit cents prêtres ; autour, dans de vastes tribunes et sur la place, une foule immense qu'on a évaluée à plus de trente mille personnes. De toutes ces poitrines, de tous ces cœurs,

Vue intérieure de la Basilique.

s'élevèrent mille acclamations, mille vivats enthousiastes, quand, les saints mystères terminés, l'illustre cardinal posa sur le front de Notre-Dame, le riche diadème, don du cœur et de la piété des fidèles, rendu si précieux par la bénédiction de Pie IX.

Aux vêpres, célébrées sous un ciel devenu plus clément, le Supérieur des Missionnaires, le R. P. Picot, prit la parole et exposa, avec autant d'élévation d'idées que de richesse d'expression, ce que signifie la couronne et la cérémonie du couronnement. Sa voix claire, émue et sympathique, parvenait jusqu'aux extrémités des tribunes les plus éloignées et faisait pénétrer dans tous les cœurs, les accents brûlants de sa piété envers Marie. Quand s'échappa de sa poitrine ce dernier cri d'amour : « Vive Notre-Dame de la Délivrande ! » les évêques, l'assemblée, les larmes dans les yeux, répétèrent avec lui : « Vive Notre-Dame de la Délivrande ! »

Le soir, avant de rentrer dans son sanctuaire, Notre-Dame voulut parcourir elle-même son domaine et bénir tout son peuple : une procession solennelle eut lieu à travers les rues de la Délivrande, magnifiquement ornées de guirlandes et jonchées de fleurs; elle termina, au milieu de nouvelles acclamations et de nouveaux triomphes pour Marie cette journée d'inoubliable souvenir. Chaque année, l'anniversaire du couronnement se célèbre au milieu d'un concours toujours nombreux de prêtres et de fidèles : de toutes les fêtes du pieux sanctuaire, cette solennité est et demeure la plus populaire et la plus suivie.

Ces honneurs, ces fêtes ont rendu de plus en plus célèbre le nom de Notre-Dame de la Délivrande; son culte s'est répandu jusque dans les contrées les plus lointaines. Aujourd'hui, Elle a des temples, des autels, des statues, dans presque toutes les parties du monde : en Amérique, dans l'île de la Martinique; en Afrique, à Boponguine (Sénégal) et sur les hauteurs du Kilimandjaro (Afrique Orientale); en Asie, à Césarée de Philippe, près des sources sacrées du Jourdain. Déjà l'Extrême-Orient se prépare à Lui ouvrir ses portes : bientôt

Elle sera, nous l'espérons, connue et honorée dans le puissant empire du Japon.

IX.

La Basilique.

L'ancien sanctuaire de Notre-Dame de la Délivrande, malgré ses agrandissements successifs, et ses embellissements intérieurs, restait insuffisant et bien modeste. Plein de foi et comptant sur la générosité des fidèles, le Supérieur des Missionnaires diocésains chargés depuis 1823 du service de la chapelle, le R. P. Saulet, résolut de le remplacer par un édifice vraiment digne de la Mère de Dieu. Il trouva providentiellement dans M. Barthélemy, architecte de Rouen, un chrétien éclairé, capable de comprendre ses vues, et un artiste éminent, tout préparé pour mener à bonne fin une telle entreprise. Dieu bénit leurs efforts : grâce aux dons constants des pèlerins, grâce à l'infatigable persévérance du R. P.

La nouvelle Niche.

Picot, second supérieur des Missionnaires, on vit s'élever, en moins d'un quart de siècle (1854-1878), l'élégant et splendide édifice que nous admirons aujourd'hui.

Cet édifice se compose de quatre parties : la nef, le transept, le chœur et les deux clochers.

La nef fait un charmant effet avec sa façade aux tourelles élégantes, ses trois portails et leurs bas reliefs historiques (découverte de la statue, miracle du choléra, etc.), ses six chapelles latérales et sa riche balustrade extérieure, vraie dentelle de pierre.

Le transept nous offre dans ses chapelles dédiées à sainte Anne et à saint Joseph deux beaux autels et deux magnifiques verrières. Ces verrières représentent les saints évêques du diocèse de Bayeux et de la Normandie, et des scènes tirées des vies de saint Joachim, de sainte Anne et du patriarche Joseph. On y admire aussi des milliers d'ex-voto, cœurs d'or ou d'argent, décorations militaires, plaques commémoratives, etc..., témoignages précieux de la bonté de Marie et de la reconnaissance des fidèles.

Mais rien ne fixe autant l'attention du pieux pèlerin que la statue vénérée et la gracieuse niche ogivale dans laquelle Elle repose. Ce monument est vraiment digne de Notre-Dame : sa flèche élancée, ses clochetons, ses pilastres, les statuettes et les groupes qui le décorent et nous montrent en Marie la Reine du ciel, de la terre et du purgatoire, sont des merveilles d'élégance et de grâce. Au milieu, sur un riche chapiteau que supporte une colonne en marbre de Carrare, repose la sainte Madone, tenant sur son bras droit le divin Enfant et prête à recevoir les hommages de ses fidèles sujets. Cette statue, haute d'environ un mètre, sculptée et peinte, est faite en pierre du pays. Aujourd'hui, selon l'usage adopté dans la plupart des pèlerinages, la sainte Image est parée de riches vêtements offerts et brodés par des mains pieuses. De chaque côté de la niche, sur deux candélabres d'une rare beauté, de nombreux cierges brûlent

sans cesse. C'est aussi une coutume chère au pèlerin, après sa prière à la sainte Madone, de baiser
pieusement le piédestal sur lequel Elle repose.

Le chœur l'emporte encore en richesse et en
beauté sur les autres parties de l'édifice. Ses magnifiques fenêtres ogivales, ses légères colonnettes,
sa frise gracieuse, ses splendides verrières où sont
retracées, à côté des mystères du Rosaire, les principales scènes de la vie de la Très Sainte Vierge et
les fêtes du couronnement, en font un des plus
beaux monuments gothiques de notre époque. Le
maître-autel en marbre polychrome et en bronze
doré a obtenu la grande médaille d'or à l'exposition
universelle de Paris en 1878. Trois bas-reliefs
remarquables, la Cène, le Sacrifice de Melchisedech,
la Manne, ornent le devant du tombeau. Le taber-

Abside de la Basilique.

nacle en or et en argent, enrichi d'émaux et de pierres précieuses, est une véritable œuvre d'art : il compose, avec les couronnes, le calice, et l'ostensoir, offrandes, eux aussi, des pieux fidèles, le trésor du pèlerinage.

Au-dessous du chœur, se trouve une crypte romane qui n'est pas indigne de l'édifice supérieur.

Parlerons-nous maintenant des deux clochers, l'orgueil du sanctuaire : construits dans le même style, mais différents par l'ornementation et la richesse, ils dominent toute la contrée, portent jusqu'au ciel la gloire de Marie et indiquent au pèlerin dans sa route, au laboureur au milieu des champs, au marin sur les flots, le lieu béni d'où lui viendront la paix, la force et le salut.

Retardée par des événements imprévus, la consécration du pieux monument aura lieu le 22 août 1895, vingt-troisième anniversaire du couronnement. Le même jour, par une nouvelle et suprême faveur du Saint-Siège, due, elle aussi, aux soins zélés de Mgr Hugonin, évêque Bayeux, et du duc de Galèse, le sanctuaire de la Délivrande recevra les titres et les privilèges de basilique mineure.

Daigne Notre-Dame de la Délivrande, toujours si tendrement aimée et vénérée, couvrir de plus en plus de sa maternelle protection le diocèse de Bayeux et son pieux pontife, la France et l'Église !

~~~~~~

Imprimatur :

La Délivrande, le 16 Juillet 1895.

<div align="right">

† FLAVIEN,

Évêque de Bayeux et Lisieux.

</div>

Abbeville, imp. C. Paillart, éditeur des brochures illustrées de Propagande catholique.

V. — Fondation d'une messe à perpétuité.

Une messe pour les vivants et pour les morts a é é fondée à perpétuité. Elle se dit le deuxième samedi de chaque mois. Pour y avoir part, il suffit de faire une offrande de cinq francs. On peut faire cette offrande pour les défunts.

VI. — Confréries.

Les Confréries établies dans la chapelle sont :

1° La Confrérie du Sacré-Cœur de Jésus. La réunion a lieu le premier vendredi de chaque mois a neuf heures.

Le Culte perpétuel du Sacré-Cœur est organisé. Il compte plusieurs milliers d'adhérents.

2° La Confrérie du Saint Rosaire. — Réunion tous les soirs à la chute du jour pour le chapelet, et le premier dimanche de chaque mois pour la procession. — La fête patronale se célèbre en vertu d'un Indult le dernier dimanche de septembre. Les Indulgences attachées a cette fête se gagnent ce jour-la.

3° La Confrérie du Saint Scapulaire du Carmel. La réuni n et la procession ont lieu le troisième dimanche de chaque mois.

4° La Confrérie du Saint et Immaculé Cœur de Marie.

La réunion a lieu le quatrième dimanche de chaque mois.

Après l'allocution, on y fait des recommandations, comme à Notre-Dame des Victoires.

VII. — Indulgences attachées à la chapelle.

Toutes les Indulgences attachées aux Confréries ci-dessus désignées peuvent être gagnées par une visite à la chapelle.

En plus, les Indulgences spéciales au pèlerinage sont :

1° Une Indulgence *plénière*, tous les samedis de l'année.

2° Une Indulgence *plénière*, à toutes les fêtes de la Sainte Vierge.

3° Une Indulgence *plénière*, une fois chaque année à la volonté des pèlerins.

4° Une Indulgence *plénière*, toutes les fois qu'on vient en procession ou en compagnie, sous la conduite d'un prêtre.

5° Une Indulgence *plénière*, le jour anniversaire du Couronnement.

Pour gagner ces Indulgences, il faut s'être confessé, communier et visiter la chapelle en y priant aux intentions du Souverain Pontife.

www.ingramcontent.com/pod-product-compliance
Lightning Source LLC
Chambersburg PA
CBHW060910180626
46818CB00004B/1901